Begegnungen im Leben

aus der Reihe
„Perlen unserer Erinnerung"

Carmen Sabernak (Hrsg.)

Bibliografische Information der Deutschen Nationalbibliothek:
Die Deutsche Nationalbibliothek verzeichnet diese Publikation in der Deutschen Nationalbibliografie; detaillierte bibliografische Daten sind im Internet über dnb.d.nb.de abrufbar.

Impressum
2013 © Carmen Sabernak (Hrsg.), alle Rechte vorbehalten

Herstellung und Verlag:
BoD - Books on Demand, Norderstedt

Satz und Layout:
Kay Feuerstake

Bildnachweis (Cover):
© by-studio © sonne fleckl - Fotolia.com

ISBN: 9783732280889

Inhalt

Vorwort

Carmen Sabernak hatte die Idee, die schönen Erinnerungen unterschiedlicher Menschen zu sammeln. Erinnerungen, die wertvoll wie Perlen sind. Sie fragte in der Teltower AWO-Gruppe nach und es fanden sich schnell Mitstreiterinnen.

Einmal im Monat trafen sie sich, tauschten Erinnerungen aus, lasen aus ihren Geschichten und verbrachten schöne gemeinsame Stunden. So wurde recht schnell der Entschluss gefasst, diese „Perlen unserer Erinnerungen" in kleinen Büchern aufzubewahren.

Die Geschichten sind so unterschiedlich, wie die Menschen, die sie erlebt haben. Gedichte wurden zum Teil schon vor einigen Jahren verfasst. Deshalb finden sich teilweise auch noch Texte in der alten Rechtschreibung. Diese wurden absichtlich nicht angepasst, denn sie sind Perlen aus der betreffenden Zeit.

Wir wünschen Ihnen ebenso viel Vergnügen beim Lesen, wie wir Freude hatten, das Buch zu gestalten.

Am Ende des Buches haben wir Patz gelassen, so dass Sie ihre eigenen Erinnerungsperlen aufschreiben können.

Herzliche Grüße
das Autorinnenteam

Max

Als meine Eltern im Jahr 1950 in Potsdam eine Bäckerei eröffneten, war ich sieben Jahre alt. Es war schön, eine Bäckerstochter zu sein. Schließlich war der Krieg erst fünf Jahre vorbei und der Wohlstand dementsprechend bescheiden. Mich umgaben täglich die herrlichsten Gerüche von frischem Brot und Kuchen.

Ab und zu musste ich nach der Schule schon meine Eltern im Geschäft bei der Arbeit unterstützen oder auf meine kleinere Schwester achten. Wie habe ich die Freizeit genossen.

Gern spielte ich dann mit Max „Moczynski" und „Piepken", zwei kessen Jungs, die in unserer Straße wohnten. Es war üblich, auf der Straße zu spielen. Mit Max verband mich sehr viel Sympathie. Wir schrieben uns kleine Liebeszettel, weshalb ich seinen komplizierten Nachnamen gut schreiben konnte. Er hatte mehrere größere Geschwister, was mir sehr imponierte. Er musste nicht auf seine Geschwister aufpassen, er war ja der jüngste.

Max hatte eine Oma in Golm. Eines Tages, ich hatte „Schwesterfrei", fiel es uns ein, mal die Oma zu besuchen. Das war ein Fußmarsch von gut zwei Stunden. Na und…?

Die Oma freute sich und verwöhnte uns mit Kuchen. Beim Spielen vergaßen wir natürlich die Zeit! Erst am späten Nachmittag ermahnte uns die Oma, den Heimweg anzutreten. Wieder zwei Stunden zurück!

Ohje!

Nach einiger Zeit konnte ich nicht mehr laufen. Huckepack hat mich Max dann geschleppt, obwohl er nicht größer war als ich. Fast im Dunkeln bogen wir in unsere Straße ein. Erschöpft, aber glücklich, das Ziel erreicht zu haben.

Ich sah aus der Ferne meinen Vater mitten auf der Straße stehen. Drohend kam er uns entgegen. Er tat etwas, was ich nicht kannte. Er schnallte seinen Ledergürtel, den, der die Bäckerhose hielt, ab. Oh Schreck. Er verliert die Hose, fürchtete ich. Diese Sorge verdrängte völlig die Angst vor dem Ledergürtel. Es setzte was und Max flüchtete nach Hause.

Meine Eltern waren völlig aufgelöst, sie suchten mich ja schon seit Stunden. Damals hatte ich nicht verstanden, warum sie böse waren. Ich wusste doch, wo ich war. Und ich war ja wieder daheim.

Heute klärt man solche Vorkommen leicht mit dem Handy per SMS, wenn man denn überhaupt als Kind daran denkt, dass Eltern sich Sorgen machen könnten.

Zu meinen Perlen der Erinnerungen gehört Max. Seinen komplizierten Namen kann ich auch noch heute, nach über sechzig Jahren, buchstabieren.

Heute bin ich fast 70 Jahre alt, sitze am Computer und lese meine E-Mails. So auch an jenem Tag, als ich plötzlich stutzte. Wer schreibt da? Heidemarie M…, kenne ich nicht. **Doch Halt**! Der Nachname ist mir aber geläufig. *„Moczynski"*. Da wage ich es doch, neugierig die Mail zu öffnen.

Es steht geschrieben:

„Hallo, wenn Sie die Karin, geb. Wiesenberg, aus Potsdam sind, dann habe ich Sie endlich gefunden. Ich bin die Frau von Max M. Mein Mann hat mir in all den Jahren so viel aus seiner Kindheit berichtet und von Karin geschwärmt. Mein Mann feiert in drei Wochen seinen 70. Geburtstag und ich würde Sie so gern einladen, als Überraschungsgast an seiner Geburtstagsfeier teilzunehmen. Es war immer sein Wunsch, die Karin noch mal zu treffen."

Ich musste erst einmal tief Luft holen. Und spontan stand für mich fest, **„das machen wir"**. Natürlich berichtete ich meinem Mann von dieser unerwarteten Einladung. Per Telefon nahm ich Kontakt zu Heidemarie auf. Sie hatte mich schon seit längerer Zeit überall gesucht und war durch das Internet zufällig auf mich gestoßen.

War das eine Frau! Was besonders kurios war, wir wohnten nicht einmal weit voneinander entfernt.

Der Überraschungsbesuch sollte ganz geheim bleiben. Einen Tag nach der Verabredung rief Heidemarie an und gestand mir, dass Sie Max doch alles verraten hatte. Ich konnte gut verstehen, dass man solch eine Nachricht nicht für sich behalten kann.

Nach über sechzig Jahren sind wir „Spielfreunde" uns an seinem Geburtstag, im Kreise seiner Familienfeier, in die Arme gefallen. Die Seele schlug bei uns Purzelbaum und die Zeit war viel zu kurz, um alle Ereignisse zu bereden.

Ich bin bereits dabei, für meine Kinder und Enkel mein Leben aufzuschreiben (so tat es auch mein Vati für uns). Natürlich kommt bei den Aufzeichnungen auch Max vor, weil er zu meiner Kindheit gehört.

Ich hatte, als sein persönliches Geschenk, die Kindergeschichte für ihn aus meinen Aufzeichnungen vorgetragen. Es waren berührende Momente. Sozusagen: „PERLEN meiner ERINNERUNG".

Karin Brzezicha

Frühling

Wie schön ist doch der Frühling!
Er macht das Herz so weit.
Er weckt die frohen Lieder,
vertreibt die Müdigkeit.

Wie schön ist doch der Frühling!
Er holt uns aus dem Haus.
Er lockt mit Vogelstimmen.
Wir wandern gern hinaus.

Wie schön ist doch der Frühling!
Er schenkt uns Sonnenschein.
Er malt die bunten Blumen
und lässt uns glücklich sein.

GELA

Frühling naht

Vor Wochen noch vom Schnee bedeckt
Hab ich das erste Grün entdeckt
Es lugt ganz vorsichtig an der Häuserseite
Ganz leis hör ich das Schneeglöckchengeläute.

Die ersten Vögelchen zwitschern schon
Den Frühlingsfreudenton.
Genussvoll höre ich ihr Lied
Bis die Melodie entflieht.

Ein Sonnenstrahl hat mich entzückt
Kaffee im Freien mich beglückt.
Vorbei die lange Winternacht
Die Seele jubelt, Frühling naht.

Carmen Sabernak

Sommerregen

Das Land braucht den Regen.
Komm, sieh' es doch ein.
Es kann ja nicht immer
nur Sonnenschein sein.

Das Land braucht den Regen.
Komm, sieh es mal so:
Regen lässt's grünen
und das macht uns froh.

Ob Sonne, ob Regen,
beides muss sein.
Er ist ein Segen,
für Groß und für Klein.

GELA

Was fliegt denn da?

Schmetterling,
kleines Ding,
sei doch nicht gar so flink.

Erzähl' mir was
vom grünen Gras,
wenn es ist vom Regen nass.

Nasch' vom Tau
der Blume blau,
wenn am Tag der Wind weht lau.

Lass dich beseh'n.
Du bist so schön.
Dann will ich noch weiter geh'n.

GELA

Oma spricht ein Machtwort

Erinnerung aus vergangener Zeit - 1950

Ich folgte einer Einladung mit meinem Verlobten (späterem Ehemann) zur Hochzeitsfeier meiner Cousine. Die Beratung unserer Hochzeitsgarderobe erwies sich uns sehr schwierig, denn der Anzug meines Partners war nicht standesgemäß. Auf Anweisung meiner Großmutter wurde beschlossen, einen Anzug von meinem Onkel zu tragen. *„Er passt doch wie für ihn geschaffen"*, aber mein Partner fühlte sich nicht recht wohl. Es half nichts, der Anzug sollte es sein.

Nachdem die Kaffeetafel aufgehoben wurde, nahm das Unglück seinen Lauf. Wir hatten lange gesessen und nun das Bedürfnis, uns etwas die Beine zu vertreten. Ein schöner Garten hatte es uns angetan und wir schlenderten in diese Richtung. Wir wollten gerade den Garten betreten, da huschte uns von links ein kleiner Spitz entgegen.

Ich sprang zur Seite und hatte Glück. Der Spitz hatte sein Opfer gefunden, er hing mit festem Biss an der Hose meines Partners. Den angerichteten Schaden sahen wir sofort, als der Hund endlich von ihm abließ – ein großer Dreiangel. Da standen wir nun mit erschrockenen Gesichtern. Ich in meinem wunderschönen

Kleid, pinkfarben, mit schwarzer Spitze abgesetzt. Mein entsetzter Partner mit einer geborgten Hose, mit Dreiangel und Unterhosenausblick.

Seine Stimme zitterte, als er sich Luft machte:

> *„Der Hund hat keine Schuld. Das ist Großmutters Werk. Warum musste ich diesen Anzug tragen. Wer weiß, vielleicht konnte der Hund den Onkel nicht leiden?"* Lächelnd setzte er hinzu: *„Nun kann ich doch meinen eigenen Anzug anziehen"*.

Nachdem sich alle von diesem Schreck erholt hatten, feierten wir trotzdem fröhlich weiter und es wurde doch noch ein schöner Tag.

Die Großmutter nahm es ganz gelassen. Mit den Worten **„die Hose lassen wir Kunststopfen"**, war für sie das Drama aus der Welt.

Christel Hübner (82 Jahre)

Innehalten

Steh still, halt an.
Hörst du die Vögel singen?
Sie müssen nichts vollbringen.
Nimm dir ein Beispiel dran.

Lehn dich an mich,
schließe deine Augen.
Kannst du an Träume glauben?
Denk einfach nur mal nicht.

Bleib still, halt ein,
hörst du der Wellen Spiel?
Sie erzählen uns so viel.
Lass uns zusammen sein.

Carmen Sabernak

Kappadokien und die Kyffhäusersage

Als wir im November 2004 in Kappadokien waren, erzählte uns unser Wanderleiter, daß der Staufenkaiser Friedrich I., bei einem Kreuzzug nach Jerusalem in dem reißenden Fluß Saleph ertrank. Bei Nacht und Nebel wurden seine Gebeine gekocht und den Geiern zum Fraß vorgeworfen. Als die Knochen sauber abgepickt waren, wurden sie in einen Sarg gelegt und die Ritter brachten ihn nach Trier, wo sein Sarkophag noch heute steht.

Beinahe hätte ich laut protestiert und gesagt:

„Das stimmt doch nicht! Alle kennen doch die Kyffhäusersage, wo die Raben noch heute um den Berg kreisen, Kaiser Barbarossa bewachen und nachsehen, ob Friede herrscht und sich die Welt gebessert hat.“

Ich mußte erkennen:
Sage bleibt Sage und Geschichte, Geschichte.

Also – Reisen bildet.

GELA 2005

Eine deutsche Fabel aus der Neuzeit:

„Viele Hunde sind der Hasen Tod"

Es war einmal in einem schönen Land, nicht weit von hier, da hatten die Hunde die Macht. In einer Stadt dieses Landes lebten alte Hasen glücklich und zufrieden, bis ein Hund kam und sagte:

„Hier könnt ihr nicht bleiben! Die Stadt fällt ja bald ein und wird baupolizeilich gesperrt. Ihr Hasen könnt aber in eine neue Stadt ziehen. Dort wird es euch gut gehen."

Also packten die alten Hasen ihr Bündel und zogen um. In der neuen Stadt lebten sie wie im Schlaraffenland und die Möhren wurden immer größer, bis die Hunde sagten:

„Das wird uns zu teuer. Wir müssen die alten Hasen wieder in eine andere Stadt umquartieren."

Zu dieser Zeit war gerade eine Stadt in der Mitte des Landes entvölkert und die alten Hasen sollten sie beleben. Dieses Mal zogen sie ungern um, denn in dieser Stadt lebte eine Schlange, die dort ihr Unwesen trieb. Mal tat sie freundlich, mal biß sie zu und entfachte Streit, so daß sich die alten Hasen nicht mehr recht wohlfühlten.

Das ging ein paar Jahre so. Dann kam über die Tierwelt eine Finanzkrise und die Hunde sollten sparen. *„Wo fangen wir an?"* fragten sie. *„Natürlich bei den alten Hasen. Die bringen keinen Gewinn für das Land und fressen ständig Möhren und Salat. Wir wollen sie nicht mehr. Sie müssen raus aus dieser Stadt. Am besten, sie gehen in ein fremdes Land. Vielleicht gibt man ihnen dort ein Asyl."*

Der Ober-Hund nahm Verhandlungen mit einem befreundeten Land auf und das war bereit, die alten Hasen aufzunehmen, wenn sie viel Geld dafür bekommen würden. Jetzt aber wehrten sich die alten Hasen, denn dieses Herumgeschubse von Stadt zu Stadt, und nun noch ins Ausland, war ungerecht. Sie kämpften für das Bleiberecht in dieser Stadt.

Die Hunde veranstalteten nun eine Hetzjagd auf die alten Hasen. Angeblich nahmen jetzt die Hasen anderen Tieren den Platz weg, verlangten immer größere Salatblätter und Möhren und bezahlten dafür mit keinem Hasenkäkel Miete. Schließlich sei die Versorgung der alten Hasen eine freiwillige Aufgabe!

Der Ober-Hund sagte, daß er für diese Jagd nichts könne, die anderen Hunde wollen es so und werden die Ausweisung ins Ausland beschießen, oder nicht.

Die alten Hasen, die so viel für dieses Land als Osterhasen getan hatten, warteten auf den Beschluß. Am Ende durften sie in dem Land bleiben, aber merkten bald, daß sie nur ein „**Spielball**" der Hunde waren und ihre Sicherheit jederzeit in Frage gestellt werden konnte.

GELA

Liebes Leben

Sie haben geweint, sie haben gelacht.
Sie haben aus allem das Beste gemacht.

Sie haben geschuftet, sie haben genossen.
Die Jahre sind einfach davon geflossen.

Sie hielten zusammen in Freud und in Leid.
Überstanden gemeinsam manch schwere Zeit.

Sie liebten und sorgten, durchlebten auch Kummer,
in der Zeit, der geborgten. Sie liebten sich immer.

Carmen Sabernak

Gurkensalat

Der Gürkerich zur Gürkin spricht:
Das Dasein ist aus meiner Sicht
mehr Schatten doch, als Sonnenlicht.
Frau Gürkin lauscht Herrn Gürkerich.

So wachsen sie verwegen,
der Sonne rasch entgegen.
Entlang schon an den Wegen.
Der Gärtner denkt: Welch Segen.

Aus dieser kleinen Gurkensaat,
gibt's heut nen prächtigen Salat.
Mit Dill und Zwiebeln, gar nicht fad,
mit diesen Gurken mach ich Staat.

Familie Gurke ist empört,
weil jemand ihre Ruhe stört.
Sie hatten alles genau gehört
und denken bitter – unerhört.

Carmen Sabernak

Erdbeertorte

Erwartungsvoll war er heran geschlurft. Nun steht er in der Tür. Seine schmale Statur wirkt noch kleiner und zarter als sonst. Der Schlafanzug mit seinen Knitterfalten unterstrich sein blasses Aussehen. Das ungewaschene Haar trotzt allen Versuchen, sich mit der bloßen Hand in eine Frisur bringen zu lassen. Er ist nicht auf Besuch eingestellt. Was wollte sie auch bei ihm? Um diese Zeit? Es war gerade mal sieben Uhr.

Früher, da hätte er sie gern herein gebeten. Vor zehn oder elf Jahren. Er wäre gut angezogen gewesen. Er hätte sie zum Kaffee eingeladen. Damals. Er hatte sich so sehr in sie verliebt.

Sie hatte ihn nicht bemerkt und er war viel zu schüchtern und zu anständig, sich bemerkbar zu machen. Er grüßte sie immer sehr freundlich und sie erwiderte seinen Gruß mit einem netten Lächeln. Sie sahen sich oft in der Straße mit dem Kopfsteinpflaster, die an ihren Häusern vorbei führte. Er wusste, mit welchem Bus sie in die Stadt fahren musste, um zur Arbeit zu gelangen. Er kannte auch die Eltern, es waren nette Leute. Alles war nett in diesem Ort. Die Leute, das Wetter, das kleine Cafe, die Gegend, er. Alles war nett, eintönig und vorhersehbar. Aber dass er sich in diese Roswitha verlieben würde, dass hatte er nicht vorhergesehen.

Das Gemeindefest war bereits überall angekündigt. Dorthin wollte er sie am Wochenende ausführen. Er sammelte all seinen Mut zusammen und ging zur Haltestelle. Sie war pünktlich da, aber der Bus kam zu spät. Günter nutzte die Chance. Er sprach sie an. Mit dem besten Lächeln und ganz viel Mut lud er sie zum Gemeindefest ein. Sie sah ihn an und er sehnte den oft zitierten Augenblick herbei, in dem sich die Erde auftäte und ihn einfach verschlucken würde. Was hatte er sich denn eingebildet, dass sie mit ihm ausgehen würde? Er schimpfte im Stillen mit sich selbst. Und sah sie erwartungsvoll an. Er hoffte, sie würde ihn begleiten, träumte sich mit ihr auf die Tanzfläche und drehte sich mit ihr zu wunderbarer Walzermusik.

Sie holte ihn zurück aus seinem Traum. „Ich wäre gern mitkommen". Er starrte sie an. „Ja, wirklich, ich wäre gern mitkommen." Er lächelte. Nickte. Wollte antworten. Sie war schneller. „Ich bin aber leider nicht da. Ich ziehe weg von hier. Nächste Woche schon." Sie mochte ihn. Sie wollte ihn nicht verletzen. Mit ihrem Freund lief es nicht so besonders. Sie erhoffte sich einen Neuanfang in der anderen Stadt. Aber das wollte sie ihm nicht sagen. Irgendwie mochte sie ihn.

Der Busfahrer verdrehte die Augen und sah genervt auf die Uhr. Sie zögerte. Nahm die Hand ihres freundlichen Verehrers und vertröstete ihn auf das Fest im nächsten Jahr. „Ja, im nächsten Jahr. Ich freue mich sehr. Alles Gute." Er winkte ihr noch, als der Busfahrer grummelnd die Tür schloss. Er winkte ihr noch nach, als der Bus schön längst nicht mehr zu sehen war.

Traurig und glücklich zugleich sah ihn die Bäckersfrau von gegenüber. Die Türglocke bimmelte, als er eintrat. Einige Augenblicke später verließ er die Bäckerei mit einem großen Stück Erdbeertorte. Dieses Stück verspeiste er mit Hochgenuss und träumte von Roswitha. Auch im kommenden Jahr und in dem darauf und immer wieder. Im neunten Jahr regnete es fürchterlich, seit Tagen. Regen und Nebel im Wechsel. Aber es war Erdbeertortentag und wie immer schepperte die Türglocke vertraut, als er in die Bäckerei ging. Die Straßen waren fast nicht mehr erkennbar. Drei Unfälle ereigneten sich an einem einzigen Tag. Am Straßenrand lag ein kleines Kuchenpaket ***.

Er bat sie, ihn hinein zu begleiten. Er bemühte sich, nicht vor ihr her zu schlurfen. Es gelang ihm nicht so richtig. Er war so unsicher. Hatte sie ihn erkannt?

„Kommen Sie, mein Lieber. Ich bringe Sie zur Reha. Ab jetzt haben wir jede Woche eine Verabredung. Ach übrigens. Ich bin die Roswitha. Mögen Sie Erdbeertorte?"

Das alte Teegeschirr

Mürrisch schloss er die Tür. Roswitha war der letzte Fahrgast, der endlich einstieg. Sie trödelte immer. Solange er sie kannte, trödelte sie. Und dann noch auf der letzten Tour. Er wollte nach Hause und sie trödelte vor sich hin.

Er war immer mürrisch. Immer schlechter Laune. Nicht nur im Bus. Immer. Besonders ihr gegenüber. Der erhoffte Neuanfang war nur ein Umzug gewesen. Hier hatte sie nun gar keinen freundlichen Menschen mehr an ihrer Seite. Die Freunde waren daheim geblieben. Aber er fand immer einen Vorwand, nicht hinzufahren. Sie gab sich irgendwann mit den freundlichen Kontakten zufrieden, die sie in ihrem Job als Physiotherapeutin hatte. Ihre Patienten liebten sie.

Roswitha stieg am Kirchplatz aus. Sie wusste, dass sie nun eine gute Stunde Zeit hatte, bis ihr Mann nach Hause kam. Er war es gewohnt, dass dann sein Essen fertig war, die Zeitung bereit lag und er das Fernsehprogramm bestimmte. Roswitha nutzte diese Zeit gewöhnlich für ein Bad und leise Musik. Sie hatte einen anstrengenden Job und verband die Körperpflege mit der Entspannung.

Sie stapfte die Treppen hinauf und verfluchte die schweren Ein-kaufstaschen. Warum hatte sie ihm auch noch Bier gekauft? Wa-rum konnte er die schweren Sachen nicht einkaufen? Sie tat es immer wieder um des lieben Friedens willen. Sie haderte mit sich. In der Wohnung roch es nach Qualm und der Mülleimer stand noch im Flur. Er wollte ihn heute Vormittag ausleeren. Im Wohnzimmer standen noch der volle Aschenbecher und die Kaffeetasse. Auf dem Sofa lagen die dreckigen Socken und die Jogginghose. Pfff, Jogging, dachte sie. Faulenzerhose wäre das richtige Wort. Sie spürte, dass sich ein Kloß in ihrer Kehle bilde-te. Nur noch fünfundvierzig Minuten und dann musste sie alles wieder aufgeräumt haben und das Essen auftischen. – So war es gewohnt, so verlief der Abend friedlich. Immer wieder versprach er ihr, dass er sich ändern würde, dass er helfen würde, dass er sie liebte.

Sie stellte die Einkaufstasche ab und wollte sich einen Tee ko-chen. Ihr war nach einem guten Tee in einer besonders schö-nen Tasse. Sie holte sich die uralte Teekanne und die passende Tasse von ihrer Oma Berta aus dem Wohnzimmerschrank. Sie traute ihren Augen kaum, als sie in die Kanne sah. Ein dickes Bündel Geldscheine war darin. Mit zittrigen Fingern blätterte sie den Stapel durch. Neuntausendsechhundert. Neuntausendsech-hundert Euro. Sie rannte ins Schlafzimmer. Im untersten Schubfach fand sie die Lohnscheine, die er nie gezeigt hatte. Roswitha wischte sich die Tränen ab. Er hatte sie all die Jahre angelogen. Kein Urlaub, kein neues Kleid, kein Theater, kein Essen im Restaurant, kein Treffen mit Freunden. Nur Bier, Fernsehen, Zigaretten, Job und Sprachlosigkeit waren geblieben. Roswithas Gehalt wurde immer vollständig aufgebraucht, ihre Kraft auch. Er sagte immer, sein Geld reiche grad für die Miete, dabei hatte er es in die Kanne gesteckt. Er hatte sie angeschrien, weil sie angeblich nicht wirtschaften könne. Er kontrollierte die Einkaufszettel und gönnte ihr keine guten Schuhe. Aber warum? Warum hatte er es ihr verheimlicht? Warum hatte er sie so ausgenutzt? Sie war sprachlos. Wütend. Traurig. Ausgebrannt.

Sie ließ den Müll stehen, die Socken liegen, den Einkauf unausgepackt.

Das Taxi hielt zwanzig Minuten später in der Kirchstraße. Roswitha hatte nur einen Koffer dabei. Das gute uralte Teegeschirr von Oma Berta nahm sie behutsam auf den Schoß.

Carmen Sabernak

Carpe diem

Carpe diem – Nutze den Tag,
was er dir auch bringen mag.
Bringt er Gutes,
sei frohen Mutes.

Bringt er was Schlechtes,
mach' draus was Rechtes.
Was auch bringt der Lebenslauf,
gebe niemals zu schnell auf.

Stehe fröhlich auf am Morgen.
Danach packe kräftig zu.
Dann zur späten Abendstunde
geh' zufrieden du zur Ruh.

Wenn ein Tag mal völlig schief geht,
wenn ein Tag dir Glück verlieh,
wenn er trüb ist oder heiter,
nutze ihn, vergesse nie:

Solange du lachst, kämpfst und strebst,
ist eines klar: Du lebst!

25.01.2003, GELA

Altweibersommer

Hört alle, es ist so weit,
nun kommen die schönen Tage
zwischen Sommer und Herbstes Zeit.

Weiße Fäden spannen von Strauch zu Strauch,
Sonnenschein und ein Windeshauch
vergolden die Mittagsstunden.

Gehst du durch einen Wald
bleiben oft die Fäden an dir kleben,
die die Spinnen so emsig weben.

Es sind keine Haare von alten Frau 'n,
die sich in Sagen die Köpfe raufen.

Ich möchte jetzt nur durch die Heide laufen
und hab' einen Wunsch, es ist ein ganz frommer:

Möge er lang sein,
der Altweibersommer!

11.09.2012, GELA

Campingüberraschung

Mein Mann ist am See aufgewachsen, dadurch war er mit der Natur sehr verbunden. Wir wollten einen Campingausflug machen und entschieden uns, ein Plätzchen am Wasser zu suchen. Da Potsdam und Umgebung sehr viele Seen hat, landeten wir mit unserem kleinen Wanderzelt am See auf der Riegelspitze in Werder und verbrachten mit unserer Familie am Wochenende bei schönem Wetter unsere Freizeit.

An einem Sonntag-Vormittag klopfte es plötzlich an unserem Zelteingang. Vor mir stand ein gut gekleideter Herr und stellte sich vor. Er kam aus Manchester in England und besuchte zur Zeit seine Schwester in Babelsberg. Um Potsdam und Umland kennen zu lernen, machte er viele Ausflüge und landete an diesem Tag auch auf der Riegelspitze. Er bewunderte sehr, dass man so einfach und naturverbunden zelten kann.

Wir plauderten ein wenig und dann trug er sein Anliegen vor. Meine beiden Mädchen standen am Ufer des Sees und fütterten ein Schwanenpaar mit dessen kleinen Schwanenkindern. Diese Idylle wollte der Mann gern fotografieren und so bat er mich um die Erlaubnis. Nach anfänglichem Zögern gab ich ihm die Erlaubnis. Es war ein wirklich schönes Bild.

Bald darauf kam er mit meinen Kindern zurück und bedankte sich für die Fotoerlaubnis. Die Mädchen bekamen jeweils eine große Tafel Blockschokolade und mir schenkte er eine Silbermünze, die zum Tode von John F. Kennedy geprägt wurde. Davon soll es wohl nur 500 Stück gegeben haben. Aber dieses schöne Foto mit meinen Töchtern gibt es nur ein einziges Mal.

Christel Hübner

Herbstlied

Der Herbst, der Herbst, die Erntezeit,
die kommt so im September.
Ich ging in den Garten
und erntete das Obst.
Das Obst und das war saftig.

Der Herbst, der Herbst, der goldene Herbst,
der kommt so im Oktober.
Ich ging in den Wald
und brach mir einen Zweig.
Der Zweig und der war bunt, ja.

Der Herbst, der Herbst, der nasskalte Herbst,
der kommt so im November.
Ich ging in das Haus
und kochte mir `nen Punsch.
Der Punsch und der macht lustig.

15.10.2002, GELA

Brandenburg

Mark Brandenburg du bist so schön,
mit deinen Hügeln und deinen Seen.

„Streusandbüchse" wirst du genannt.
Von vielen Menschen wirst du verkannt.

Doch in dem Sand ist mache „Perle" darin.
Sie sind für Besucher ein Hauptgewinn.

Schlösser und Burgen am Wegesrand
geben Zeugnis von der Geschichte im Land.

Deine Wiesen und Wälder, Flüsse und Flur`
laden uns ein zum Erlebnis Natur.

Wenn darüber noch hell der Sonnenschein lacht,
hat uns die Heimat froh und glücklich gemacht.

25.12.1997, GELA

Sei gut zu Dir

Sei gut zu dir
Wie leicht sich das spricht
Pass auf dich auf
Oft macht man es nicht.

Hol auch mal Luft
Wie oft wird's versäumt.
Plötzlich der Schlag
Alle Träume ausgeträumt

Mit Hilfe und Glück
Wieder aufgebäumt.
Genieße das Leben
bis es überschäumt.

Carmen Sabernak

Wunsch

Güte und Besonnenheit
trage wie ein Sommerkleid,
zeig der Welt die Zärtlichkeit
deiner Liebenswürdigkeit.

Tröste mit Barmherzigkeit,
sei zur Stelle, bei anderer Leid.
Teil aber auch deine Fröhlichkeit,
gib acht auf Deine Lebenszeit.

Carmen Sabernak

Auf Umwegen an die Adria

Wir verbrachten in Priština sehr erholsame Tage. Meine schon schulpflichtigen Kinder mussten leider zu Hause bleiben und waren in dieser Zeit im Ferienlager. Aber unsere Gedanken waren immer bei unseren Kindern. An den Wochenenden konnten wir etwas unternehmen, in der Woche musste mein Mann ja arbeiten. Während dieser Zeit habe ich die nähere Umgebung erkundet oder mich mit den anderen Frauen ausgetauscht.

So kam uns die Idee, mit dem Bus für vier Tage an die Adria zu fahren. Der Vorgesetzte meines Mannes konnte englisch sprechen und hat uns beim Reisebüro in Budwa angemeldet.

Mit luftiger Kleidung ging es nun Mittags los. Stundenlang über Berg und Tal durch Montenegro. Wir bewunderten die herrliche Aussicht. Am höchsten Berg wurde eine „Bedürfnis"-Pause gemacht. Wir sahen einen Schäfer, der in einen Schafspelzmantel eingehüllt war und die vielen, vielen Schäfchen waren um ihn herum. Als wir ausstiegen, wussten wir warum er so warm gekleidet war. Es umgab uns eine eisige Kälte. Schnell beendeten wir unsere Pause und mit flatternden Kleidern erreichten wir im Eiltempo wieder unseren Bus.

Gegen Morgen kamen wir in Budwa an. Wir fanden schnell das Reisebüro, aber dort erschraken wir heftig, als man uns erklärte, dass alle Zimmer belegt waren. Es fanden gerade Festspiele statt. Neben uns stand ein junger Mann. Er sprach uns an und meinte, er könnte uns ein Zimmer besorgen. Er bot uns Plätze in seinem Auto an, aber als wir das Auto sahen, beschlich uns ein mulmiges Gefühl. Aber es war besser, als im Freien zu übernachten. Wir fuhren und fuhren und es dauerte unendlich lange. Ich wurde immer ängstlicher. Hatten wir überhaupt genügend Geld dabei? Mein Mann beruhigte mich.

Wir fuhren durch einen herrlich angelegten Park mit Palmen, Kakteen mit leuchtenden Blüten und Gewächsen, die ich noch nicht kannte. Es war eine Augenweide. Versunken in den schönen Anblick erschrak ich, als das Auto plötzlich vor einer Villa hielt. Der junge Mann nahm uns die Pässe ab und ging mit meinem Mann hinein. Ich saß einsam und verlassen, ängstlich, ohne Pass, ohne Geld und durstig in der Blechkiste.

Gott sei Dank erblickte ich kurz darauf wieder meinen Mann. Es war wohl ein Rathaus gewesen. Nun ging es weiter in einen anderen Bezirk. Unsere Unterkunft lag etwas höher am Hang mit einem herrlichen Ausblick auf die Adria und eine der Inseln.

Aus ihrem Garten kommend begrüßte uns eine ältere Dame sehr herzlich und bewirtete uns mit kalten Getränken und allerlei Leckereien aus dem Garten. Jetzt ging es uns schon viel besser. Zum Abschluss gab es noch einen Likör, um auf die neue Urgroßmutter anzustoßen. In den Bergen kam in der Nacht ein Baby zur Welt.

Es wurden unvergessliche Tage. Die Wirtin war ein richtiger Schatz, wir fühlten uns, als wären wir Familienmitglieder. So viel Gastfreundschaft hatten wir bisher nirgends erfahren. Wir wurden verwöhnt mit kulinarischen Köstlichkeiten und Ausflügen in die wunderbare Natur. Abends schallte von der Insel ein Trompetensolo zu uns herüber, so schön, dass es meine Seele berührte.

Die Tage gingen viel zu schnell vorüber, aber sie waren so schön, dass sie noch heute ganz lebendig in meinen Gedanken sind. Eben echte „Perlen meiner Erinnerung".

Christel Hübner

Sei gut zu Deiner Seele

Du musst nicht immer nett sein,
darfst dir auch Hilfe suchen.
Darfst unanständig fluchen,
begehren ein großes Stück vom Kuchen.
Du musst nicht immer nett sein.

Halt fest an deinen Träumen,
sei freundlich zu dir selbst.
Das Glück, das du bestellst,
sich auch zu dir gesellt.
Halt fest an deinen Träumen.

Sei gut zu deiner Seele,
dein Lächeln soll dir bleiben,
lass es dir nie austreiben
und sei nicht zu bescheiden.
Sei gut zu deiner Seele.

Carmen Sabernak

Leben lernen

Behandeln dich andere schlecht,
dann mach es dir selber recht.
Sind andere zu dir gemein,
musst du besonders gut zu dir sein.

Will niemand mit dir lachen,
solltest du dir selbst eine Freude machen.
Dein zartes Wesen musst du beschützen,
wenn andere versuchen, es auszunützen.

Verbieg dich nicht, du bist schon richtig.
Was Neider sagen, ist nicht wichtig.
Das Leben ist doch viel zu schön,
drum bleib dabei, das Gute zu sehn.

Du wirst die richtigen Menschen finden,
Liebe und Freundschaft werden euch verbinden.
Ihr werdet euch entgegengehn,
lerne nur dein Glück zu sehn.

Carmen Sabernak

Koma

Wenn ich in dein Herz schauen könnte,
was würde ich sehen?
Welche weggesperrten Träume,
könnte ich sie verstehen?

Wenn ich deine Gedanken hören könnte,
würden sie mich erschrecken?
Welche verborgenen Ängste
konnten sich gut verstecken?

Wenn ich hier so bei dir steh,
denke ich zurück.
Mein Herz erinnert sich mit Weh,
denk ich an unser Glück.

Verstehst du, was die Leute sagen,
wenn sie über dich reden?
Erkennst du mich nach all diesen Jahren?
Kannst du mir nicht ein Zeichen geben?

Carmen Sabernak

Weiße Rosen

Eine Rose für unendliche Güte.
Eine Rose für wunderbare Nähe.
Eine Rose für die gemeinsamen Jahre.
Eine Rose für die tiefe Verbundenheit.
Eine Rose für getrocknete Tränen.
Eine Rose für die lieben Worte.
Eine Rose für die hilfreichen Hände.
Eine Rose für alle vorgelesenen Märchen.
Eine Rose für das volle Vertrauen.
Eine Rose für die schönsten Erinnerungen.

Und in jedem Jahr
steht sie am Meer.
Redet mit den Wellen,
heult mit dem Wind,
lächelt mit der Sonne,
und übergibt zehn weiße Rosen
der tosenden Brandung.

Carmen Sabernak

Über die Autorinnen:

GELA (Jahrgang 1943)

Hobbies: Theatergruppe, Wandern

Karin Brzezicha (Jahrgang 1943)

Sie verbrachte ihre Kindheit in Potsdam und wurde nach ihrer Ausbildung Erzieherin bis 1967 in Potsdam. 1967 bis 2007 Kita-Leiterin in Potsdam und Berlin. Später wieder ein Umzug in die Nähe von Potsdam. Gelandet in Teltow. Danach ehrenamtliches Engagement bei der AWO-TELTOW, Mitarbeit im Projekt „JAHA" (Junge Alte helfen alten Alten). Seit kurzer Zeit Stellvertreterin des AWO-Ortsvereins. Seit 2012 Mitglied des Seniorenbeirats der Stadt Teltow. Frau Brzezicha ist verheiratet, hat 3 erwachsene Kinder und 7 Enkelkinder.

Hanna (Jahrgang 1937)

Geboren in Zehdenick kam Hanna vor 57 Jahren mit ihrem Mann nach Potsdam. Hier arbeiteten und lebten sie mit ihren 2 Töchtern, und waren glücklich verheiratet, bis ihr Mann 2009 starb.

Sie unternahmen gemeinsam viele Reisen, nach 1989 auch einige in die Länder, in denen Besuche bis dahin nicht möglich waren. Sie liebten ihren Garten und verbrachten dort viel Zeit mit ihren Enkelkindern.

Christel Hübner (Jahrgang 1931)

Teltowerin, war als Sachbearbeiterin tätig und war später in der Kulturarbeit eines Großbetriebes tätig. Seit sie im Unruhestand ist, hat sie mehr Zeit für die Mitwirkung in einer Singegruppe. Sie bäckt und kocht noch immer leidenschaftlich gern und greift dabei auch gern auf Rezepte zurück, die schon seit ewigen Zeiten im Familienrezeptbuch aufgeschrieben wurden. Sie hat 2 Töchter und 3 erwachsene Enkelkinder und ist glücklich, wenn sie zusammen sein können.

Carmen Sabernak (Jahrgang 1958)

Platz für eigene Geschichten

Weitere Bücher von Carmen Sabernak

„Fünf Tage Hoffnung und kein Abschiedswort"
erschienen 2011 im BoD Verlag

ISBN: 9783842374416
Preis: 12,90 Euro

„Weil Träume fliegen können..."
erschienen 2012 im BoD Verlag

ISBN: 9783848214280
Preis: 5,00 Euro

„Harken für die Seele"
erschienen 2012 im BoD Verlag

ISBN: 9783848215898
Preis: 5,00 Euro

„Hannas Weihnachtsengel"
erschienen 2013 im BoD Verlag

ISBN: 9783732280414
Preis: 5,00 Euro

„Dezember Zauber"
erschienen 2013 im BoD Verlag

ISBN: 9783732286065
Preis: 14,90 Euro